Rogerio Skylab

Futebol de cego

KOTTER EDITORIAL

LetraSelvagem

Coordenação Editorial: Sálvio Nienkötter, Nicodemos Sena
Editor-Executivo: João Lucas Dusi
Editor-adjunto: Daniel Osiecki, Claudecir de Oliveira Rocha
Capa: Jussara Salazar
Design editorial: Carlos Garcia Fernandes
Produção: Cristiane Nienkötter
Revisão e preparação de originais: O Autor

Dados Internacionais de Catalogação na Publicação (CIP)
Angelica Ilacqua CRB-8/7057

Skylab, Rogerio
Futebol de cego / Rogerio Skylab. — Curitiba : Kotter Editorial, 2023.
104 p.

ISBN 978-65-5361-219-8 - Kotter Editorial ltda
ISBN 978-65-89841-18-0 - Letra Selvagem

1. Poesia brasileira I. Título

CDD B869.3

23-2759

Kotter Editorial Ltda
Rua das Cerejeiras, 194
CEP: 82700-510 - Curitiba - PR
Tel. + 55(41) 3585-5161
www.kotter.com.br | contato@kotter.com.br

Feito o depósito legal
1ª Edição
2023

Letra Selvagem
Rua Cônego de Almeida, 113
CEP: 12080-260 - Taubaté - SP
Tel. +55(12) 3426-8783
www.letraselvagem.com.br
editoraelivrarialetraselvagem@gmail.com

Rogerio Skylab

Futebol de cego

Apresentação

Neste *Futebol de Cego*, mais que em qualquer outro livro que li, o poeta e o eu-lírico habitam lados opostos de uma mesma fita, a Fita de Moebius, o enigmático objeto com um só lado com o qual um matemático encantou artistas. Ele mostrou que um mais um pode ser igual a Um, talvez confirmando a máxima dos gregos antigos de que na verdade *tudo* é um. August Möbius, esse matemático, meio que antecipando o Skylab no processo de igualar diferentes, escandalizou o mundo de 1858. E continua a escandalizar. O Skylab também.

Quando, como editor, liguei pra ele para definirmos a ordem em que publicaríamos os poemas avulsos que havíamos recebido (retardando, de forma canastrona, dizer que já havia analisado e classificado os poemas, e que só queria sua aprovação) ele nem pestanejou: ordem alfabética de título. Eureka! Claro, há uma unidade temática inquebrantável entre os poemas, e o estilo não oscila. Até porque, a meu ver, ele pôs também em fita de Moebius morte e vida, cuja dobra é obra do sexo. O gozo é a pequena morte, disse Lacan. *La petite mort* é a que se dá no momento refratário que sucede o orgasmo.

"O cheiro de sexo foi penetrando pelos poros/ Sodoma e Gomorra, Lázaro ressuscitado."

O fato de o icônico *Matador de Passarinho* ser um cara sensível que mata o que mais ama e conhece por não resistir à pulsão – veja só, novamente o: um mais um que é Um – estampa este aspecto e a consistência mesma da arte de Skylab, que independe de linguagem, gênero, suporte etc. porque, no laboratório celeste de Skylab, todas as orações são subordinadas, e podemos, a bel prazer, juntar versos de poemas distintos sem perder o rumo da prosa.

O tema da morte ressurge de forma variada em diversas passagens do corpo de poemas: "Deram-me como desaparecido político e fui incluído na lista dos mortos pela ditadura militar"; "Morreu com a fisionomia de alguém que ainda escuta"; "Morreu com os dois olhos abertos", tudo consoante e contrastante com: "Entregar os pontos, pedir arrego, mijar nas calças, abrir as pernas e se deixar foder, bater em retirada, perder [...] acumular forças até o derradeiro momento do salto".

Mas se o sexo e gozo levam à morte, o contrário aparece, como que confirmando a tese: "Vi cinco trombadinhas espancando um velho. Estranha sensação de mistério. Os ventos arrastavam as folhas. O velho estava quase morto. E esse é o tema de tudo quanto escrevo. Volto rápido para casa. Penso no velho massacrado. Gozo. E adormeço".

Ao par da morte, o tema do desejo e do sexo têm centralidade também, e surgem sempre de forma variada, às vezes incômoda, ou quase, como em: "Eu quero uma bofinho/ cuja dubiedade provoque pânico/ e vista de longe pareça homem.// Uma bofinho que me traia/ e me roube de vez em quando.// Pra quem lave, passe e cozinhe./ E, além disso, me coma".

Skylab encanta por muitos motivos, mas provavelmente um dos maiores seja exatamente a dificuldade que nos impõe de encaixá-lo em modelos, o que nos confortaria. A vontade de definir é irrefreável, talvez um Serguei que não comeu a Janis Joplin (vai saber?), um Daminhão Experiença que driblou a escassez... Um Arrigo Barnabé que não suja as mãos em instrumentos, talvez... Um antepassado dos nerds, com certeza, mas que não renuncia às delícias da margem do beijo da morte.

Deus me livre de pretender explicar a arte ou a pessoa do Skylab que, longas conversas me mostraram o quanto, são frutos de intensa leitura, curiosidade, sensibilidade estética e talento. Tudo que sei é que, até quando chuta, mesmo que lhe roubem a bola, sempre acerta.

Salvio Kotter

Sumário

A caminho de Damasco

A caminho de Damasco,
ofereci minha vida
aos pássaros vorazes.

A caminho de Damasco,
me vi em retalhos.
E por mais que insistisse no velho bordão,
aquele cara não era eu.

Estava a caminho de Damasco
e era tudo.
Deram-me como desaparecido político
e fui incluído na lista dos mortos pela ditadura militar.
No entanto, eu estava vivo
e nunca fui o que eles pensavam que eu fosse.

A caminho de Damasco,
tive a perspectiva que me faltava.
Vi o antes e o depois.
E isso não significava nada.

Apenas estava a caminho.
Era um homem que ia,
assim como um corpo que cai.
Havia uma estrada cheia de percalços
e muito malconservada.
Eu ia porque, se não fosse,
ninguém iria por mim.

A conta não vai bater nunca

perfeito
defeito
tentativa e erro
falha no sistema
lance de dados
abrindo uma picada
mais uma vez
disparates
a esmo
balas perdidas
desperdício
desassossego
movimento dos barcos
em desalinho
boca torta
olho torto
linhas sobrepostas
bêbado se equilibrando na cordinha
e olhando embaixo o abismo
falha de fabricação
grande saúde
mais uma vez
um erro atrás do outro
pássaros
descompassos
desastres
milhões de espermatozoides
naufrágio

uma carcaça de navio foi encontrada
a muitas léguas da costa
para
respira
volta tudo de novo
o que você disse?
um processo de construção esquizofrênico
a conta não vai bater nunca
rebobina
volta tudo de novo
o que você disse?

A criança loira

Reparei que perto da grade,
os visitantes, do lado de fora,
amontoavam-se para ver.
Um pedaço de cenoura havia sido jogado
por uma criança loira cercada pelos pais.
Fui em sua direção.
Perto à cenoura,
uma folha de papel em branco
ofuscava meus olhos.
Da cenoura ao papel em branco foi um pulo.
Mas um grito largo explodiu frente à arvore:
num dos galhos, um macaco grande.
Lá estava eu no galho também
e nos abraçamos despidos de tudo.
Quem fez o caminho de volta
foram os olhos da criança loira.
O caminho triste da volta:
dos macacos abraçados à folha de papel em branco;
da folha de papel em branco ao pedaço de cenoura.
E nada terá sido mais triste
do que esse caminho de volta.

A estranha lógica do grande enrabado

Um antioperário
na rede do texto.
Alheio às editoras e ao tempo.
Enredado
e se deixando enrabar.
Assim, o enrabado
multiplicava os efeitos
e desconhecia as causas.
Ao invés de acusar,
o enrabado
se deixava enrabar
e queria ficar assim:
enrabado e sem pregas,
tragando tudo.
Um buraco negro,
uma boca aberta.

A música

O rapaz voltava de mais um dia de trabalho.
De repente, um anjo postou-se a sua frente
e cantou uma música estranha.
O pai, que o segurava numa das mãos,
desceu assim que o trem parou.
Foram embora o pai, o filho e a mãe.
O trem continuou seu percurso
e o rapaz tentou voltar aos seus pensamentos.
Mas isso era impossível.
A música não saía de seus ouvidos.
À medida que o tempo passava,
o volume ia aumentando
como se diversas caixas de som acopladas ao seu ouvido.
Morreu com a fisionomia de quem ainda escuta.

A sua última palavra

A sua última palavra
não foi Rosebud.
Um dia, os seus biógrafos
terão que dar conta de seu sentido,
pois continua a desafiá-los.
Antes do último suspiro,
juntou as poucas forças que lhe restavam,
trincou os dentes,
contorceu os dedos,
e de cueca, olhando pro teto,
soltou um grito, um uivo,
mais desafinado do que Herbert Vianna depois da queda.
Segundo a versão de Eulália,
uma cafetina sem nenhum escrúpulo,
que veio a conhecê-lo na zona do mangue,
quando já vomitava sangue,
Skylab pronunciou a palavra "BARRETÃO".
Que saiu em forma de berro,
como uma cabra cega,
um bode na caatinga.
Skylab morreu com os dois olhos abertos.

A velocidade

Corro por alamedas cobertas por plátanos.
Avisto o mar. Vou em sua direção.
Ali chegando, contorno a orla.
Um quiosque pode ser um descanso.
Mas, numa desabalada carreira,
eu avanço. Entro por uma senda
interminável. Avisto uma morena.
Ela pisca o olho.
Nem ligo. Meus pés mal tocam o solo.
Eu continuo a bater todos os recordes.
Aperto o passo. Incansável.
Até ultrapassar a velocidade da luz.
Aí eu fico invisível.
E o mundo todo escuro.

As cigarras

Naquelas tardes as cigarras cantavam.
Seu Ari dizia no ouvido:
só toco Noel Rosa se você chupar.
Eu chupava e ouvia.
Lá fora, minha mãe chamava.
Ele dizia: não vai não.
Seu Ari era como um pai.
E a minha mãe chamava, chamava, chamava.
Estou na Av. Rio Branco
- bem defronte ao Teatro Municipal.
Ali fica a Biblioteca Nacional.
Trabalho muito.
A música é outra.
As cigarras não cantam mais.

As nuvens

Volta uma nova temporada de nuvens
– foi-se o tempo em que se acreditou
que as palavras eram pedras
e com elas se construiriam mundos.
Vou então desenhando sobre o papel
viadutos, arranha-céus...
e nada os consegue tirar
da condição de nuvens.
Enquanto tais, se misturam.
E se transformam em pássaros,
paraísos, caravelas...
Tudo sem nenhuma grandeza.
Como se fosse próprio das nuvens
a anarquia e o diverso.

As orações subordinadas

... as orações subordinadas são sempre mais importantes, em se tratando do barroco, na sua obsessão em preencher o espaço vazio, inclusive as margens, ainda que correndo o risco de se perder no caminho e nunca mais voltar ao ponto em que se bifurcou, se transformando assim num emaranhado de subordinadas em rodopio, ziguezague, silêncio, dentro das quais a linha reta se transforma em cornucópia e o negócio, volúpia, ócio, prazer, do que a oração principal, pois, quando esta é concluída, a gente nem sabe mais o que quis dizer e continua em fuga, penetrando em atalhos, picadas, becos sem saída, caminhando em círculo, avançando sempre sem sair do lugar, até que, por uma questão meramente formal, enfiamos um ponto e o ratificamos e mais uma vez o duplicamos, com a sensação de que existia um pensamento por trás de tudo isso, algo como "as orações subordinadas são mais importantes do que a oração principal", e no entanto somos dispersos e qualquer hipótese sobre a origem deste texto não passaria de mero delírio, pois o que temos são frases sobrepostas que, por uma convenção de tempo e espaço, tipicamente ocidental, as dispomos de maneira linear, da esquerda para a direita, mas que poderia ser lida ao contrário ou de maneira vertical, de cima para baixo ou de baixo para cima, ou de forma circular, o que nos levaria ao final que é o seu início, "as orações subordinadas são sempre mais importantes, em se tratando do barroco, na sua obsessão em preencher o espaço vazio..." e, por mais que se abandonassem as aspas, elas seriam mantidas de forma invisível, o que me leva a pensar num processo contínuo de citação, seja dos outros ou de si mesmo, nesse grande texto, do qual todos os outros, inclusive os que estão por vir, fazem parte, se imbricando um no outro, como uma grande malha, espelhando, despedaçando, recombinando, o que me leva a pensar numa transformação limitada pelo contexto e justificando o sentido da palavra "impossível", o que não significa dizer que não possa haver mudanças, diferenças, inclusive aquelas mínimas, microscópicos filamentos que ninguém vê, quase nada, mas que interferem no conjunto, e foi assim que paulatinamente fui me transformando em mulher, contra todas as evidências, como a minha piroca rosa e alguns traços bem masculino, tendo, no entanto, há muito tempo, iniciado um longo processo de troca de gênero, me sentindo assim mais leve, mais em paz, ainda que esse processo seja um paradoxo porque um corpo de homem e um espírito de mulher embaralha até o diabo, assim como essas orações subordinadas, mas liberta também, foge de uma coerência imposta, circunscreve, tangencia, introduz uma perpendicular de 90 graus, indo em outra direção àquela da reta, agregando novas perspectivas e se derramando em torno, porque esse é o negócio, como a água de uma cheia, a onda de um Tsunami, ou mesmo esse texto, que você lê agora de forma convencional porque aí se trata dos códigos culturais, mas nada impedindo que você o leia pulando uma linha, ou duas, ou conjugando a primeira e a última, até chegar à linha do centro, que pode estar transcrita ou permanecer invisível, dependendo da quantidade de linhas, e daí fazer o caminho de volta, retornando à primeira e à última, e fazendo surgir novas imagens nesses processos de leitura não convencionais, e permitindo muitas vezes que uma oração subordinada tome o lugar da principal, criando assim um processo dinâmico, do qual a consciência tem pouco controle, e deixando que o texto, por um processo autônomo, tome direções alheias a nossa vontade, até que, após infinitas combinações, retorne ao que havíamos pensado antes, por pura coincidência, repetindo assim aquele início de texto, segundo o qual as orações subordinadas são sempre mais importantes do que alguma coisa, sem que esta possa estar clara para nós, remetendo-nos sempre para o mundo das sombras, das conjecturas, dos cálculos, das possibilidades, até virmos a encontrar, em meio aos fragmentos do texto, os sinais de que as orações subordinadas são sempre mais importantes que a principal, e ainda assim é muito pouco, uma vez que, enquanto frase-morta, não diz o que só poderia dizer através das voltas, das elipses, dos labirintos que não nos levam a lugar algum, o que me faz lembrar a frase de um guitarrista famoso, segundo o qual um disco a gente nunca acaba, a gente abandona, sugerindo, ao invés do ponto final, alguma coisa a mais, que não poderia ser dois pontos porque eles instauram uma definição, uma tautologia que só as reticências são capazes de abrir, instaurando um mundo de sombras, de cálculos, de possibilidades, e isso tudo significa exatamente isso, andar em círculo sem sair do lugar, o que significa todo dia sentar nesta mesa sem nenhuma perspectiva de mudança, e ler, reler, transler, até que um dia, a indesejável das gentes, mas enquanto elas não vêm vou continuar de maneira ininterrupta me embrenhando nessa floresta de signos, como se fosse um suicídio agradável, morte sem dor, dia após dia numa transversal, que é a vida vista pela janela sem a opção de fechá-la porque é toda de vidro e não tem cortina, o que não deixa de produzir uma certa serenidade e a relativização de tudo, uma espécie de universo paralelo que as reticências e as frases subordinadas fazem produzir, sem se entregar jamais, uma resistência que só os espíritos mórbidos e os grandes preguiçosos são capazes, daí a transformação de gênero, tendo como grande referência as mulheres passivas, com mãos pequenininhas e pouco firmes, os pés pra dentro, lesadas, lerdas, solitárias, meio burras, feitas para se passar o rodo, sonhadoras, sonolentas, modelo dessas frases subordinadas, incapazes até de fazer um café (conheci uma que fez café como se fosse chá, sem usar coador, e serviu para a visita), mulheres sempre derramadas, impingindo uma perspectiva menos lógica, mais confusa, com frases cheias de "se", "como", "às vezes", "...", dando voltas em torno do mesmo lugar, não dizendo coisa com coisa, irritando o espírito prático, e pouco se fudendo pro outro (quem pensa um dia contar com essa espécie vai dar com os burros n'água porque esse grupo, assim como esse texto, não foi feito pra ajudar ninguém), lembrando autistas e capazes de levar seus torturadores ao desespero porque, impingidas ao sofrimento, sentem prazer, fazem muxoxo, viram a bundinha e não morrem nunca, sempre acompanhadas por esses três pontinhos, seus fiéis escudeiros...

As torradinhas

Os convidados na sala.
Na mesinha, castanha de caju, amendoim...
Ficava ouvindo, ouvindo...
Tinha patê, torradinha...
O professor contava uma estória
(era assim como o chamavam).
Falava bonito
e eu ali.
As festas eram assim.
O tempo distante e tão próximo.
Eu ouvia e comia.
Comia e ouvia.
O sofá macio.
O perfume, o cheiro de jasmim...
Havia uma estória.
E ficavam ouvindo.
Alguém fazia um aparte, outro ria.
Sabia-se contar estórias.
Eu ouvia, ouvia e comia.
Ninguém me via.
O sofá macio.
O tempo sem sobressaltos.
A castanha de caju, as torradinhas...
Não eram só as estórias que me entretinham.
Era o professor contando.
O sofá macio.
A castanha de caju.
As torradinhas.

Big Mac

Marilyn me olha com ardor.
Fred Astaire tira o chapéu.
Aqui tudo é superfície.
Quis ter um pensamento.
Mas no espelho em frente
o pensamento partiu em mil pedaços.
Então me deixei levar.
Vazio e sem marcas
como um Big Mac.

Borboleta negra

Parecia um corvo, um morcego,
não fosse o voo delicado.
Era uma borboleta negra
pousando no espelho do quarto.

Suas asas eram negras como as páginas
de um livro esquecido que abri,
em cuja página lesse, ao acaso,
os versos deste poema.

Mas ela voa pela fresta da tarde
e meu rosto ileso, diante do espelho,
permanece o mesmo que sempre foi:
um rosto em branco e sem texto.

Butch

Eu quero uma *butch*
(esse ponto de intersecção,
ponto de interrogação,
ponto e vírgula).

Escrevo uma *butch*
em cujo colo me perca.
Uma *butch* que arrote e peide.

Uma *butch* que xingue,
tripudie
e me abrace de noite
em posição de conchinha.

Uma *butch* cuja pérola
me dê cosquinha.

Uma *butch* que me obrigue
a dizer "nós duas",
ao invés de "nós dois".

Butch louca e cheia de caprichos,
com pelos nas axilas e na virilha
(pelo grosso, pelo bom).

Uma *butch* fria e calculista,
em cuja presença nem saiba mais quem sou,
nem quem fui.

Uma *butch* que venha a conhecer na *night*
e me traga à tona
minha alma sensível e delicada.

Uma *butch* de verdade,
sem meias-palavras.
Que às vezes me traia
e outras vezes me bata.

Decifrando o enigma

Olho para o teto
e diviso mofo, manchas, rachaduras.
Um cogumelo fantástico nasceu.
Olho tudo aquilo
e tento decifrar o enigma.
Agora mesmo uma lagartixa apareceu correndo.

Depois

No princípio era o trocadilho,
depois o riso patético,
depois o verbo,
depois me levantei e fui até à janela,
depois liguei a TV,
depois desliguei,
depois abri a gaveta e vi meu 38,
depois fechei os olhos,
depois olhei a foto na penteadeira,
depois caí em si,
depois me levantei e fui até à janela,
depois rocei a pica no parapeito da janela,
depois liguei a TV,
depois abri a gaveta e peguei meu 38,
depois atirei,
depois atirei de novo,
depois morri,
depois abri a geladeira e peguei uma Coca-Cola,
depois fui ao banheiro e caguei,
depois olhei,
depois puxei a válvula,
depois eu,
depois nem,
depois pensei: fodeu,
depois dei,
depois já é,
depois um cigarro,
depois outro,

depois mais outro,
depois repeti,
depois repeti o que repeti,
depois repeti o que repeti do que repeti,
depois parei,
depois olhei a foto,
depois caí,
depois me levantei e fui até à janela,
depois apaguei a luz,
depois fiquei nu,
depois falei mamãe,
depois Beckett,
depois traí,
depois distraí,
depois você sabe,
depois continuei,
depois parei,
depois voltei.

Dever cumprido

Eu posso não ir ao encontro marcado.
Posso não encontrá-la por mil conjunções do acaso
e posso não entrar no bar,
onde ela já se encontra à minha espera.
Posso, sobretudo, não lhe dizer o motivo da conversa.
Posso não captar o ar bossa-novista
que a deixa tão atraente,
e posso não enxergar o raio de sol
que entra de modo oblíquo pela janela.
Eu posso não saber de nada,
nem mesmo do exato instante em que atirei.
Posso não fazer de modo intempestivo
e posso nem puxar o gatilho.
Posso não vê-la caindo para trás,
sem que ninguém venha ao seu auxílio,
e posso não aguardar passivo a minha reclusão.
Posso não é o meu segredo.
Posso não até o posso não.
Posso não escrever isso
e nem exprimir o gozo do dever cumprido.

Dois malditos pirilampos

Até chegar aqueles malditos pirilampos,
A vida fluía sem sobressaltos.
Muitos morriam.
As ruas tinham poucos automóveis.
As multidões, dispersas.
As praias desertas.

Até chegar aqueles malditos pirilampos,
Vivia-se uma solidão feliz:
Uma saborosa solidão, longe da família.
Os filhos chatos não apareciam.
Os netos demoníacos também.

Até chegar aqueles malditos pirilampos
Com os votos de um futuro tenebroso,
Eu tinha esquecido a vida ordinária.

Mas algo me dizia ser por pouco tempo.
E tudo retornaria como antes e multiplicado.
Deveria ao menos ter mantido a janela fechada.

Dois malditos pirilampos adentraram a casa sombria.
A luz da usura e do capital.
A porta se abriu.
Tudo se escureceu.

E a iluminação foi tomando conta da cidade.
As coisas foram se acendendo novamente.
O ritmo frenético da cidade grande.
A engrenagem.
Os automóveis, as agências bancárias, os negócios.
Os meus filhos retornaram, os netos também.
Tudo voltou a ser como antes.
Malditos pirilampos.

Ela

O cu não é bunda,
o cu não é ânus.
Seu caminho é diferente:
sua geografia, outra.
O cu resiste à metáfora,
à analogia e a qualquer sentido
que o faça outro.
O cu é o cu é o cu é o cu...
Eco do eco,
não seria nada se não fosse ela
(pregas, dobras)
entre o céu e o inferno,
o cu e o ego.

Em extinção

Eu gosto de tudo
em extinção:
mico-dourado, urso panda,
boto da Amazônia.
O Homem também: em extinção.
A literatura
(a poesia principalmente).
A língua portuguesa.

Esse amor sem limites
por tudo que desaparece.

Em movimento constante

Nenhum pensamento relevante.
Nem ideal, nem drama.
Apenas o tempo que vai se transcorrendo
lentamente, ininterruptamente.
Agora mesmo uma lagartixa apareceu correndo.
A teia captura o mosquito.
Um dragão solta fogo pelas ventas.
O sol explode. Eu ensandeço.
As bandeiras do Flamengo desfraldadas ao vento.
Teus olhos azuis, pretos, verdes, castanhos...
Tudo isso é o tempo, sereno,
em movimento constante.

E-mails

Quantos e-mails você mandou
ao longo dos anos?
E-mails cheios de esperança
no calor da noite fria.
E-mails sem resposta nenhuma.
A cada envio
o retorno do silêncio:
o fantasmático riso do silêncio.
Você poderia ao menos tentar
outras formas mais imediatas,
algo menos insólito.
No fundo é tudo carta
jogada ao mar.
Teu negócio é esse.
E-mail cheio de esperança.
Há sempre um convite
que o destinatário declina.
Ou nem isso.
Há sobretudo o silêncio
de quem não leu a mensagem.
Signo de uma vida.
Fonte inesgotável de demanda.
Pergunta sem resposta
de um remetente idiota.
Fostes forjado nessa prática.
O silêncio do destinatário
não te amarra.
Quando tudo terá sido fim,
lá estará você
escrevendo um e-mail pra ninguém.

Encontro marcado

O diabo bate à sua porta.
Pela fresta da persiana, um olho
perpassa o espaço de fora.
Não há ninguém.
E, no entanto, você o sente:
ele está ali, do outro lado da porta.

Você pode continuar seus afazeres
e fazer de conta que tudo permanece como antes.
Você pode ligar a televisão,
ler o jornal ou acessar a internet.
Pode, inclusive, abrir a porta e sair.

Tem uma conta que vence hoje, esqueceu?
E logo mais, um encontro marcado.
O diabo continua a bater à sua porta.
Ele é paciente e sua vida inteira
é para ele um lapso de instante.

Espaço em branco

nesta folha em branco que acabo de escrever
"nesta folha em branco que acabo de escrever"
nesta folha que era branca está escrita
"nesta folha em branco que acabo de escrever
nesta folha que era branca está escrita"
imediatamente antes de escrever havia uma folha em branco
mas agora está escrita
"nesta folha em branco que acabo de escrever
nesta folha que era branca está escrita
imediatamente antes de escrever havia uma folha em branco
mas agora está escrita"
quisera apagar linha por linha
"nesta folha em branco que acabo de escrever
nesta folha que era branca está escrita
imediatamente antes de escrever havia uma folha em branco
mas agora está escrita
quisera apagar linha por linha"
e mergulhar no espaço em branco outra vez
"nesta folha em branco que acabo de escrever
nesta folha que era branca está escrita
imediatamente antes de escrever havia uma folha em branco
mas agora está escrita
quisera apagar linha por linha
e mergulhar no espaço em branco outra vez"

Êxtase

Um mendigo, em cuja pele negra
vê-se o cinza que recobre tudo,
está fora de si.
Em seu êxtase,
imensas florestas recobrem selvas de pedra.
Ainda que limpem as ruas,
uma folha solitária,
dessas antigas florestas,
reacende tudo.

Fiapo de pentelho

Há 40 anos atrás
eu pagava um boquete
e um fiapo de pentelho ficou preso a garganta.
Os anos foram passando
e fui me acostumando.
Me casei, tive 3 filhos.
Lutei contra a injustiça, a fome.
Mas o fiapo de pentelho continua.
Um fiapo de pentelho preso à garganta.

Filho do abismo

Se meu pai fosse músico
ou se eu fosse amigo do filho.
Se ao menos morasse perto.
Podia ser colega de sala.
Pertencer ao mesmo grupo.
À medida que fôssemos crescendo,
nos tornaríamos herdeiros.
Ele, por ser filho.
Eu, amigo do filho.
À nossa volta,
outros herdeiros:
seres gregários.
Os velhos amigos do pai nos seriam simpáticos.
Abririam portas.
E a história seria uma linha reta e contínua.
Mas não tive sorte.
Nem filho, nem amigo do filho.
Moro muito longe.
Sou filho do abismo.

Futebol de cego

Eu pratico futebol de cego.
Dizem que o gol está à direita,
eu chuto
e acerto.

Eu pratico futebol de cego.
O técnico grita:
à direita.
Eu chuto à esquerda
e acerto.

Eu pratico futebol de cego.
Dizem que a bola sumiu.
Eu chuto assim mesmo.
E acerto.

Futuro

Espero um futuro pleno
de bactérias e vírus resistentes.
Um futuro sem saída,
diante do qual os pais
resolvam matar os filhos.
Um futuro em que todas as lágrimas
já terão sido vertidas
e muitos terão preferido o suicídio.
Escutaremos o pio da coruja
e ficaremos quietinhos na cama.
Até surgir um estranho pensamento:
esse futuro, por pior que nos seja,
ainda assim terá sido lucro.

Guarda-noturno

Este apito triste, melancólico,
que se ouve todas as noites...
às vezes parece o uivo
de um lobo mal sobrevivido.
Outras vezes o vento, cortando o canavial,
na poesia de João Cabral de Melo Neto.
Mas tem vezes que vem do sonho de um operário,
como se já estivesse na hora de levantar.
Este apito, no entanto,
triste, horrível, melancólico
e que ouço agora,
não é do lobo, do vento e nem do sonho.
É um guarda-noturno que passa.
Observando a madrugada

Homens bárbaros

Numa terra de estranhos costumes,
homens bárbaros, vestidos com a pele do corpo,
não conheciam Deus,
nem a palavra escrita.
Passavam a maior parte do tempo
em concupiscência ou descansando.
Mães e filhos, assim como pais e filhas,
podiam se amar e conceber.
No caso de guerra iminente,
não erguiam fortificações.
O inimigo chegava e arrasava tudo.
Então, os poucos sobreviventes recomeçavam.
E, em pouco tempo, a vida
voltava a florir novamente.

Ímpar

Par ou ímpar?
Eu peço par (todos o pedem).

Mas eu jogo o dadinho
nessa noite fria,
e ele, rodando, faz um ar de motejo.

O dadinho vem rodopiando,
senhor de si e surdo aos meus apelos.

Instituto de educação

Faz xixi na minha boca?
O sol entrava por uma fresta
e o primeiro jato quente
já escorria entre seus dentes.
O relógio marcava cinco horas da tarde.
O uniforme do Instituto de Educação sobre a cadeira.
E o que restou foram só fragmentos.

Intrépida

Mesmo distante um do outro,
estando você numa região de difícil acesso,
inlocalizável, sem rede de comunicação,
conversamos horas a fio,
soltamos gargalhadas sem fim.

Mas há de chegar o dia
em que outras preocupações virão.
Será o nosso legado.
Éramos tão fortes. Inquebrantáveis.
Nenhuma ventania, por pior que fosse,
deitaria por terra nossos castelos.
Assim pensávamos, assim sentíamos,
enquanto a vida corria intrépida.

Inventário

Continuo a inventariar o que me cerca.
Ao meu lado está o silêncio.
À minha frente, a televisão desligada.
Vários livros me rodeiam.
Quantas coisas não diriam
não estivessem fechados?
A parede bem defronte a mim
no seu silêncio de pedra.
E a cor branca da parede
numa coerência macabra.

Lapa

Lapa das putas de ontem,
cujos olhos são lanças
que correm na escuridão.
Lapa também de hoje,
dos automóveis que olham
e das travestis que passam.

Lapa de ontem e de hoje.
A mesma Lapa de sempre.
Entre elas, um arco, um elo.

Madrugada

Saúdo também a madrugada.
Infelizes os que têm o sono pesado.
Esses nunca vão saber
de que é feita, de que material,
quais os ruídos, os pensamentos
loucos que a perpassam,
que flor exótica, cheia de caprichos,
é essa madrugada fria.
Não falo da madrugada dos namorados.
Porque esses só têm os olhos para si.
E eu olho o vazio.
Eu estou no coração do vazio.
Madrugada fria, minha, absoluta.
De onde um dia nunca mais retornarei.

Miséria dourada

Gastamos nossa vida,
pedra engastada.

O futuro se tornou fumo.
Não investimos,
não construímos
e tudo passou.

Ficou apenas um reflexo dourado.

Beleza estéril.
Miséria dourada.

Música obscura

Morcegos voam
sob o sol da manhã.
Em voo rasante,
são notas numa pauta
cuja música só eu escuto.

Pudesse você também ouvir
essa música obscura
que vem de longe
e permanece distante dos editais de cultura.

No terraço de Helsingor

Só pensava naqueles que um dia se foram
e nos desconhecidos que um dia virão.
Sabia que eram os mesmos,
aqueles que seriam outros,
aqueles que nem ideia faziam de como um dia seriam.
Esta a sua obsessão:
sempre em posição de espreita
no terraço de Helsingor.

Noel Rosa

Seu Ari tocava violão.
Tinha 62 anos e vivia com a mãe
entre a vida e a morte.
Um dia Seu Ari me chamou.
Quis me ensinar violão.
Eu tinha 12 anos.
Jogava bola de gude e botão.
Seu Ari era grande, barrigudo.
Tocou Noel Rosa e eu fiquei embevecido.
Depois abriu minha braguilha
e ficou com meu piruzinho na mão.
Seu Ari com aquele vozeirão.
Me deu um abraço forte
e eu falei: ô, seu Ari, toca mais Noel Rosa.

O beijo

O beijo ali, exposto, nu.
Talvez a nos trazer alguma memória afetiva.
Um outro tempo vindo à tona.
Um beijo anacrônico, que gritava
mais alto que as buzinas de automóveis.
Um beijo em riste, ali.
No meio do passeio público.
Atrapalhando o trânsito dos pedestres.
O beijo insistia contra o olhar
apressado e ansioso
dos que ali passavam.
Obsceno.
Contra o ritmo da cidade.
O que fazer àquilo?
Era um apêndice.
Uma *mise-en-scène.*
Um corte.
E ninguém haveria de lhes chamar a atenção
porque não era crime.
Era um beijo.
Vermelho
como um sorvete é morango.
Eu via
o que saltava aos olhos
e atrevia.
O beijo na rua.
Como se fosse algo de muito antigo,
de priscas eras.

Agora mesmo,
em meio aos meus afazeres,
o beijo continua.
Úmido
entre as mucosas.
Forçando os músculos da face
e dando algum sentido
ao que foge à lembrança.
O beijo da morte.

O equlibrista

Estou atravessando o abismo
sobre um fio tênue
(denominam a isso minimalismo).
Foi o que me coube nesse mundo.
Me agarro a ele como se fosse tudo.
E, no entanto, é apenas um fio de nylon,
sobre o qual realizo a travessia.

É quase um pedaço de barbante,
uma linha puída pelo tempo,
sem nenhuma serventia em outro contexto.
Mas graças a ele me mantenho vivo.
Dedico-lhe essas mal traçadas linhas
e se Deus existe, é ele.

Um pedaço de barbante
que amarrava um embrulho,
cujo conteúdo eu não faço a menor ideia.
Sobre a garganta do inferno.

O escritor moderno

um escritor sem editora
(um músico sem gravadora),
ao léu, invisível,
sobrevivendo de vento
e sem fome
– sua forma sutil

incógnito e sem nome
e sobretudo sem fome,
um escritor moderno
que resiste a escrever

e cuja dieta o fez assim:
uma sombra
do que poderia ser e não foi

um trânsfuga
exilado de si,
o que o faz percorrer
quilômetros por dia

apresento-vos essa piada:
o escritor moderno.
um pária
sem pais
e país

quase inverossímil:

não tem peso, cor, volume

deixa pouco rastro,
zomba dos que
o pesquisam em universidades
e quase não sai de casa

pouco afeito à política,
o escritor moderno não lê jornal,
não vê TV
e, se escreve algo,
rasga em seguida

gosta tanto de rasurar
que a sua obra completa
é um compêndio de rasuras

quando tenta se espelhar
em alguém,
se afunda

fica então congelado
como se tivéssemos dado pausa

e quanto mais costuramos
uma imagem,
desaparece

o escritor moderno é um poço
de águas estagnadas
sobre o qual
só ouvimos eco

O gozo dos fodidos

Entregar os pontos,
bater, como fazem os lutadores
sob um golpe mortal,
pedir arrego, mijar nas calças,
abrir as pernas e se deixar foder,
bater em retirada,
perder.

E acumular forças
até o derradeiro momento do salto.
Dia após dia, a cada instante,
um só pensamento.
Em silêncio,
esperar o momento certo.
E sob o disfarce de uma noite tranquila,
arremessar com fúria.

E novamente perder.
Entregar os pontos,
abrir as pernas
e se deixar foder.

O grande culpado

Ninguém o perdoa pelo crime cometido.
É possível que nem o tenha cometido
- uma possibilidade irrelevante
diante do grande desejo.
Ele não faz nada (nem mesmo se defende).
Lhe restam várias opções:
escrever esse poema,
ir ao cinema, andar a esmo...
Seu projeto de vida,
que acalentou anos a fio,
foi ficar de braços cruzados olhando o nada.
As pedras o atingem com violência.
Ele permanece com a espinha ereta
e o coração tranquilo.

O impossível

O DJ é surdo.
O poeta, mudo.
O fotógrafo, cego.
A bailarina, manca.

Esse é o meu mundo.
Meus dentes trituram pedras
e soltam faísca.
Tudo é raso
e sem saída.
E nada vale a pena
senão o impossível.

A não ser que você
abra um buraco
com suas garras desgarradas
e sem dentes.

E provoque um ar de consternação
diante da assembleia,
que te tolera por pena.

E deixa você dizer tolices
como quem releva.

Em momento algum você desiste.
É tua pulsão, mais que arte.

Você sabe que não vai dar em nada
e continua.
O buraco já te cabe todo dentro,
a não ser o rabo,
que permanece à mostra.

E você continua escavando,
escavando,
com suas garras desgarradas
e sem dentes.

Você não para um minuto.
É incansável.
Chega a provocar risinhos.

No meio da plateia consternada,
há quem suspire: "coitado"!
Teu rabo desapareceu.
Agora ninguém mais te vê.

E você continua,
longe dos olhares curiosos.
Lembra o ofício dos mineiros.

Escava porque não sabe fazer outra coisa.
Escava como quem respira.
Com suas garras desgarradas
E sem dentes.

E porque nada vale a pena
senão o impossível.

O que significa isso?

O que significa isso?
Um signo que fica?
Escrita é isso?
O que significa isso?

Significa o que aquilo
que eu dizia e não lembro?
É sobre isso que eu digo?
E o que significa isso?

É insignificante?
Ou terá sido antes
o que permaneceu?
É isso que significa?

O que significa isso?
Estilo, o que antes
terá sido tudo
e agora não?

O que significa isso?
Uma partícula de pó
do grande edifício
em escombros?

Significa o que não está mais
e no entanto
é isso que significa
esse risco?

Um risco que se corre,
arisco,
numa folha de papel
ao vento?

O que significa isso
é tão somente
um anseio,
um murmúrio suave do vento?

Nem isso? Menos?
O que não pôde se constituir
e nem soube de si,
quanto mais dos seus?

Isso significa então
que podia ter sido
e não foi?
Ao menos isso?

E no campo do teria sido?
Significa, ao menos, muito?
É isso que significa isso?

Aquilo que não foi
e nem soube
do que poderia ter sido?
É isso que significa?

Então pra que serve isso
se nem ao menos
nos serve de lição?
Se não foi um erro.

Significa a distância
que nos separa
daquilo que poderíamos ser
e não fomos?

Os rios, os oceanos
que separam continentes,
línguas tão diferentes entre si.
É isso?

O que significa isso
não soa porque abismo?
E nada ressoa
senão o eco do que não sou?

É isso que significa isso?
Esquisito porque
sem estória?
Deserto, solidão?

Nem isso?
Significa o espaço vazio
interditado à passagem
de pedestres?

A falta de gravidade,
em cujo interior
permaneceríamos flutuando
como um bando de fantasmas?

É isso que significa isso?
O olhar patético
do presidente da república
a nos perguntar

O que significa isso?
Escória da história?
Língua morta
e perdida para sempre?

Restos, escombros, dejetos?
Seres humanos em estado adiantado de putrefação?
Ratos por toda parte?
É isso que significa isso?

Não, ainda não é isso?
Eu não sei o que significa isso.
Nem eu, nem você.
E, no entanto, a gente,

como diria John Cage,
mesmo não sabendo ao certo
aonde vai chegar
e nem mesmo por quê,

a gente vai, não é mesmo?
No entanto, é uma coisa que existe.
Ah! Eu não sei o que é isso,
mas que existe, existe.

A bem da verdade a gente
permanece sonâmbulos
ou marionetes movidas
pelas mãos de ninguém.

Isso é o que significa isso.

O silêncio da minha mãe em coma

Silêncio da não comunicação.
Silêncio agudo, em chama.
De quem não aceita, nem reclama.
Silêncio que escorre, se alonga,
como um acorde sem som.
Silêncio da televisão desligada.
Silêncio que parece um parto.
Silêncio da minha mãe em coma.
Silêncio que se concentra,
indiferente a qualquer apelo.
Um silêncio longo, quieto,
em meio ao burburinho da cidade.
Silêncio que espera
(de quem escreve)
a palavra certa que não vem.
Silêncio que erra
entre as palavras
(exala seu cheiro
no interstício delas).
Silêncio que antecede o poema
e continua nele.
Silêncio de onde vim
e para onde retornarei.
É o silêncio dela
que é o meu
diante do seu corpo.
É o silêncio da minha mãe em coma.
Silêncio que espera
e não responde
ao meu silêncio diante dela.

O vazio tem mais charme

O que fazer
se a dor que minto
não é mais a dor que deveras sinto?
Tudo agora é convenção.
Ia dizer convulsão
mas o vazio tem mais charme.

O velho

Rondei a cidade como um gato trágico.
Urinei no poste da primeira esquina.
Uma operária me viu. Não conteve o grito.
O guarda-noturno me conhecia.
Acendi um cigarro que filei do guarda.
Muito pouca coisa tenho a dizer.
Vi cinco trombadinhas espancando um velho.
Estranha sensação de mistério.
Os ventos arrastavam as folhas.
O velho estava quase morto.
E esse é o tema de tudo quanto escrevo.
Volto rápido para casa.
Penso no velho massacrado.
Gozo. E adormeço.

Objetos

Olhávamos um para o outro
sem nenhum desejo,
senão de sermos puros objetos
resplandecentes e vazios.
Se houvesse algum sismógrafo
que nos medisse as explosões...
ficaria sem função.

Oco dourado

Continuo a gravar externas.
Surfistas de trem sob o céu azul.
Vento na cara. O gordo, ao meu lado, lendo o jornal. O gordo não percebe nada.

Lá fora, o pescador com a linha na mão.
Eu também estou com a linha na mão
e pesco oco.
Oco Dourado na baía de Guanabara.

Oriente

Estava tão a leste,
mas tão a leste,
que não havia ninguém
mais a leste do que ele.
Era tão intensamente leste
que já alcançava as planícies estranhas do oeste.
Tudo ali era devastação.
Poderia ter dado um passo atrás,
interromper o percurso suicida.
Mas o horror lhe dava mais ímpeto.
Estranha paisagem.
Avançava como uma bala perdida.
A sua direção era mais importante
que os caminhos percorridos.
Estava já numa região mais branda do oeste.
O ar mais leve, o cheiro menos fétido.
Chegou inclusive a ensaiar uma parada.
Mas continuou numa desabalada carreira
e já alcançava as portas da região oferecendo boas-vindas.
Saía por onde se entrava.
Ao menos agora estava em seu lugar,
ainda que próximo à fronteira.
À medida que avançava tudo ficava familiar.
Reconhecia seus pais, sua casa,
mas já eram outros.
Daí continuou sua trajetória.
É o que lhe resta.
Sempre na direção leste.

Pátria-caixote

Pertenço à estirpe das sombras.
Sou o antepassado dos nerds.

As partidas de futebol,
o barulho das torcidas,
Waldir Amaral
num quarto de dimensões reduzidíssimas.
Dentro dele, o mundo, o infinito.

É dentro dessa cabine,
algumas vezes chamada quarto,
outras, gaiola, caixote, solitária,

é daqui mesmo que ensaio,
arranho, imito
e faço minhas as palavras de outros.

É a minha pátria miserável,
onde me tornei o que sou.

Quero cantá-la em prosa e verso.
E, dentro dela,
cimentar as portas e janelas.

Poesia

Seu Ari propôs que eu sentasse no seu colo.
Tinha posto na vitrola um disco de Gardel.
Nossa Senhora, entalhada em madeira, sec. XVII, olhava.
Seu Ari já não podia mais nada.
Sua fantasia, no entanto, era impossível.
Sentei no seu colo e fiquei.
De repente, Seu Ari abriu a camisa.
Seu peito, outrora musculoso,
estava se desmilinguindo.
Me forçou até ele
e com uma voz longe, lancinante, de terras distantes,
murmurou em transe: "poesia".

Porco-espinho

O tapete persa da minha sala
deu lugar a outro,
de porco-espinho.
Com as costas rasgadas,
a pele em carne viva,
nenhum filme,
nenhum livro.
Cada minuto, cada segundo,
um novo corte,
um traço,
uma linha.

Pregas

Da janela viam-se as estrelas
a ladrilhar o céu,
assim como o silêncio
entrecortado de latidos.
Então o amante, que também era poeta,
teve um surto de inspiração
e compreendeu seu mundo.
Por dentro, por cima, por fora,
era um mundo feito de ecos,
lusco-fuscos, pregas.

Quarto vazio

Este quarto faz parte da casa,
mas não é onde fico,
nem onde durmo.
Este quarto mantém-se fechado
justamente para que possamos abrir a sua porta
e não vermos ninguém.
Neste quarto não tem móveis
e sua parede branca,
sem quadros pendurados,
serve para lhe dar a sensação de neutralidade.
Tudo aqui foi feito para que fossem excluídos
quaisquer resquícios humanos.
Você não vai encontrar mesa, cadeira, televisão.
É um espaço vazio
mantido a ferro e fogo.
Inabitável, ainda que faça parte da casa.
E aponta seu vazio em riste
para o curioso que abre sua porta
pensando encontrar algo.
Chega a contaminar o visitante.
Vazio horrível, sem história,
sem uma marca visível,
uma reles formiga,
uma migalha de pão.
Vazio em cheio que palpita.
E não oculta nada.

Queda livre

Corpos a cair das janelas,
arrebentando-se no chão
- estranhos costumes.
Todos se suicidavam
no país do suicídio.
As ruas fedidas
amontoavam-se de corpos.
Assim como tinha sido com o pai,
haveria de ser com o filho.
Morriam felizes.
Caíam em queda livre.

Riso social

Eis aqui um sorriso
que não se delineia.
Enquanto tal, um esboço,
um entreabrir de lábios.
Os músculos da cara fazem uma careta,
se contraem como se tivessem levado um choque.
Depois voltam à posição anterior.

Saco preto

Mais um saco preto.
A cada instante,
um novo saco preto.
Poderia estar vazio,
cheio de ar.
Seu conteúdo permanece oculto.
A cada instante,
novo saco preto.
Dentro, um peso.
Eu olho e não vejo.
O saco está cheio.
Milhões de sacos pretos,
em cujo interior paira o silêncio.
Todos eles de plástico
e sem nenhuma transparência.
A cada instante,
um novo saco preto.

Sísifo

Ela tem buço,
pelo nas axilas,
nos braços, na bunda,
na barriga,
na virilha.
Pelos pubianos
dentro do qual me perco
e não me encontro.
Mata densa e fechada.
Sem saída.
Pelos negros
como um tufo envenenado,
onde a fera devora aos poucos
e sem nenhuma pressa
quem como eu,
curioso e mórbido,
adentra sua flora
exótica e tropical.
Quantas vezes não alentei
o ar livre,
escalando os pelos eriçados do seu corpo?
E tal como um Sísifo,
após chegar quase ao topo,
escorregava e caía
e subia e caía
num movimento sem fim.
Desde então me encontro aqui,
em cativeiro.

E essa carta é como um poema
numa garrafa em alto-mar.
E lá vai a garrafa boiando
até chegar a praias desertas.
Na mata fechada do seu corpo,
pouca luz entra.
Um cheiro de mofo
advém de suas entranhas
cheias de fluidos.
Vez por outra
levanto os olhos
em direção a seu rosto.
Surda aos meus apelos,
se diverte com minhas sucessivas quedas.
Chego a pensar que a excita.
Ninguém diria o que venho passando todos esses dias.
É o final da minha vida,
minha última melodia.
E, por um efeito retroativo,
faz todas as músicas serem parecidas.

Skylab's wake

Já havia começado o velório.
Tinham-me vestido com uma reles cuequinha.
A trilha sonora era variada,
mais puxada para o krautrock.

Puseram o caixão aberto e em pé.
Dentro dele, eu parecia São Sebastião.
Em torno de minha presença,
swing, felação, beijo grego...

O cheiro de sexo foi penetrando pelos poros.
Sodoma e Gomorra, Lázaro ressuscitado.
Barão de Charlus da rua da Passagem.

Pensam que eu morri?
A pergunta ressoou pelo espaço,
acompanhada pelo coro da orgia.

Smile

Pronto: agora tu fostes transformado numa piada.
Ou numa lenda.
As coisas mais tristes
que por ventura disseres
serão motivos de gargalhadas.
Ninguém mais te levará a sério
e sabes muito bem
a luta que empreendestes sem êxito.
Nem mais uma lágrima
escorrerá pelo teu rosto.
Fostes moldado por dentro e por fora,
o que, na verdade, significa
que fostes liquidado.
Agora levante bem a cabeça
e mostre com orgulho
o teu sorriso de pedra.

Sobre a leitura

Se você soubesse que
enquanto cavalgava sobre
a fúria do tempo,
eu também o fazia à minha maneira...
E com a mesma galhardia
que empinava o sexo,
eu também o empinava, rato de biblioteca.
E também era volúvel, também sem cabeça.
E cada capítulo lido, cada poesia,
era como um corpo desnudo
que você tateava, transida.
Pensávamos ser tão diferentes.
Foi só no fim da jornada que vimos:
os nossos caminhos eram os mesmos.

The dead

Um dia me perguntaram se toco violão.
Eu toco punheta.
Violão é o caralho!
Esse sou eu.
E Nextel é uma merda.
É rádio, é celular.
E pode ser para você.
Não pode ser para mim.
O que é inteligente, ilimitado e direto,
não é poesia.
Acesse outros canais
porque não vou anunciar nada.
Eu sou vácuo,
malgrado tudo que minha vó dizia:
"transforme seus sonhos em voo".
Vó, eu os transformei em rela.
Vó que se transformou em pó,
eu tô voando.
Vó, eu tô indo pra puta que pariu,
e desistir faz parte dos meus planos.
Tenho alguns discos gravados
E estou em vias de gravar o último, o derradeiro.
Meu *work in progress* era o Godard City.
Ah sim: tenho um livro de contos que permanece infinitamente no prelo,
assim como eu.
Pra quem pensava em se matar aos dezessete,
até que tá uma merda.
Mas a gente pode retomar antigos projetos.

A gente pode dizer FIM
(o que não deve ser muito fácil
pra quem se enriqueceu com a indústria fonográfica).
A gente pode dar uma banana às redes sociais:
não usar internet, rádio, celular,
e virar uma sombra de si mesmo.
Você vai estudar Publicidade?
Entendo.
Você gostou de "Cidade de Deus"?
Entendo.
Você quer comprar um Hyundai?
Entendo.
Você é um cara legal?
Entendo.
Em outras palavras:
você era um surfista,
um vagabundo,
e em três meses criou uma das maiores empresas do Brasil,
e em oito, uma das maiores do mundo.
Entendo.
E lá vou eu pelo Central Park.
Estou bem próximo ao Dakota.
Lutei, desisti, abandonei, duvidei, esqueci, me encontrei:
não sou ninguém
e não tenho escolha.
Vou como um autômato
ao lado de uma japonesa.
Chegamos finalmente ao destino,
quando um casal de fãs pediu uma foto.
Essa é a minha vida,
esse é o meu clube.

Um menino delicado

O menino delicado não envelhecia.
Já contava com cinquenta anos de idade.
Usava colares e meneava as mãos
com graça e beleza.

O menino delicado parecia uma pluma
contra a força da gravidade.
Aposentados, homens torpes,
todos queriam tê-lo, tocá-lo

E o menino fluía
como um barquinho de papel.
Impossível e só.

E vestia as roupas da mãe,
pintava a boca,
inventava um pai.
Desde a mais tenra infância,
o menino delicado sabia.

Um dia o enganaram
e conheceu a dor.
A cidade toda já sabia
e nem mais sua mãe ele tinha.

Continuou então seu caminho.
Casos fortuitos, milagres, florezinhas.
Uma vida que se entreabria.

Acostumou-se a olhar o céu
debaixo de homens febris.

Aquele mundo não era seu:
estava só de passagem.
E quando lhe batiam,
oferecia a outra face.

Assim era o menino delicado.
Apanhava, nunca batia.

Sua pele não guardava lesões, marcas.
Parecia um biscuit.

E, quando andava, fluía.

Um objeto

O cabelo tampava o rosto inclinado.
Tudo era precário,
a não ser os longos cabelos negros.
Olhos, nariz e boca invisíveis.

Cumpria ao observador
passar os olhos sobre aquele corpo
e identificar algum traço.

Nem assim foi suficiente.
Vislumbrou os joelhos, os pés... e nada
(o modelo permanecia abraçado às próprias pernas).

Decidiu então vê-lo por trás,
mas suas costas nuas
eram apenas suas costas nuas.

Mudo, cego e surdo,
as perguntas que lhe dirigia,
se esvaíam sem sentido.

Chegou a pensar
num modelo de cera,
mas pressentiu um movimento.

Preferia não estar diante de uma pessoa viva.
E ficou em silêncio.

Ficou longas horas em silêncio
e custou a crer que fosse de verdade.

Quando tocou sua pele,
sentiu a temperatura humana.

Não soube como veio parar ali
e teve ímpetos de fugir.
Mas não havia portas nem janelas.

Tentou então um esforço de memória.
Supôs uma pesquisa, um trabalho de campo
e diante de si um morador do lugar.

Aos poucos, acalmou-se.
Mas foi um subterfúgio.
Ele sabia que tudo permanecia incerto.

Talvez não fosse um homem.
Podia ser uma mulher
com formas ambíguas.

Um bicho.
Um troglodita disfarçado.
Uma ameaça escondida.

E fez o movimento
de afastar os cabelos do rosto.
Bastava isso e no entanto
era um esforço infinito.

Ao fim de tantas idas e vindas,
permaneceu onde estava
e desistiu de tomar qualquer atitude.

Os cabelos continuavam a cobrir-lhe o rosto.
Eram abundantes e negros.

A certa altura, caiu no sono
e inclinou a cabeça na direção do chão.
Parecia uma réplica de seu objeto.

Uma bofinho

Eu quero uma bofinho
cuja dubiedade provoque pânico
e vista de longe pareça homem.

Uma bofinho que me traia
e me roube de vez em quando.

Pra quem lave, passe e cozinhe.
E, além disso, me coma.

Uma bofinho a quem pertença
e cuja recíproca não seja verdadeira.

Que me manipule
por trás e pela frente.

Uma bofinho que use cuequinha.

Se as femininas dão nojo
e as delicadas, raiva,

eu quero uma bofinho
fria, canalha.

Que não derrame lágrimas
e não sinta piedade.

Uma bofinho a quem entregue tudo
e não receba nada.

Uma lagartixa apareceu correndo

Meu sonho é um Scort conversível.
Sei o quanto é difícil consegui-lo.
Por isso, escrevo-lhe esta carta, presidente.
Estou desempregado. E gosto de estar assim.
Uma dúvida me atormenta:
quem vai ler essas poesias? Ninguém.
Torna-se, portanto, absurdo
o desejo de escrevê-las.
Como meu projeto é escrever
com uma leve e vã esperança,
digo então que as paredes deste quarto
são sujas, descascadas, umedecidas...
e que neste exato momento
uma lagartixa apareceu correndo.

Vomito ou engulo

Vomito ou engulo?
Vomito.
E engulo.
Estou em cima de uma árvore.
Se cair, me arrebento todo.
Eu me jogo.
Eu me arrebento todo.

Zappa e Kafka

Qual o mistério que predomina
nas palavras "Zappa" e "Kafka"?
Em ambas, cinco letras,
duas das quais a letra "a".
Serão as consoantes "pp" e "fk"?
O "p" se repete e o "k" também.
O que lhes dá afinal
a aura de mistério?
Zappa e Kafka – formas breves.
Como um vulto que avistamos
e desaparece.
Zappa e Kafka como Franz e Frank.
Um sensação de absurdo que se multiplica:
Franz Zappa e Frank Kafka.

pólen bold 90 gr/m2
tipologia a771-roman
impresso no outono de 2023